Rätsel aus Turandot

Friedrich Schiller

copyright © 2023 Culturea éditions
Herausgeber: Culturea (34, Hérault)
Druck: BOD - In de Tarpen 42, Norderstedt (Deutschland)
Website: http://culturea.fr
Kontakt: infos@culturea.fr
ISBN:9791041933785
Veröffentlichungsdatum: April 2023
Layout und Design: https://reedsy.com/
Dieses Buch wurde mit der Schriftart Bauer Bodoni gesetzt.
Alle Rechte für alle Länder vorbehalten.
ER WIRT MIR GEBEN

Der Baum, auf dem die Kinder
Der Sterblichen verblühn,
Steinalt, nichts desto minder
Stets wieder jung und grün.
Er kehrt auf einer Seite
Die Blätter zu dem Licht,
Doch kohlschwarz ist die zweite
Und sieht die Sonne nicht.

Er setzet neue Ringe,
Sooft er blühet, an,
Das Alter aller Dinge
Zeigt er den Menschen an.
In seine grüne Rinden
Drückt sich ein Name leicht,
Der nicht mehr ist zu finden,
Wenn sie verdorrt und bleicht.

Dieser alte Baum, der immer sich erneut,
Auf dem die Menschen wachsen und verblühen,
Und dessen Blätter auf der einen Seite
Die Sonne suchen, auf der andern fliehen,
In dessen Rinde sich so mancher Name schreibt,
Der nur, solang sie grün ist, bleibt,
Er ist das *Jahr* mit seinen Tagen und Nächten.

Kennst du das Bild auf zartem Grunde,
Es gibt sich selber Licht und Glanz.
Ein andres ists zu jeder Stunde,
Und immer ist es frisch und ganz.
Im engsten Raum ists ausgeführet,
Der kleinste Rahmen faßt es ein,
Doch alle Größe, die dich rühret,
Kennst du durch dieses Bild allein.
Und kannst du den Kristall mir nennen,
Ihm gleicht an Wert kein Edelstein,
Er leuchtet, ohne je zu brennen,
Das ganze Weltall saugt er ein.
Der Himmel selbst ist abgemalet
In seinem wundervollen Ring,
Und doch ist, was er von sich strahlet,
Noch schöner, als was er empfing.

Dies zarte Bild, das in den kleinsten Rahmen
Gefaßt, das Unermeßliche uns zeigt,
Und der Kristall, in dem dies Bild sich malt,
Und der noch Schönres von sich strahlt,

Er ist das *Aug*, in das die Welt sich drückt,
Dein Auge ists, wenn es mir Liebe blickt.

Wie heißt das Ding, das wenige schätzen,
Doch zierts des größten Kaisers Hand,
Es ist gemacht, um zu verletzen,
Am nächsten ists dem Schwert verwandt.
Kein Blut vergießts und macht doch tausend Wunden
Niemand beraubts und macht doch reich,
Es hat den Erdkreis überwunden,
Es macht das Leben sanft und gleich.
Die größten Reiche hats gegründet,
Die ältsten Städte hats erbaut,
Doch niemals hat es Krieg entzündet,
Und Heil dem Volk, das ihm vertraut!

Dies Ding von Eisen, das nur wenge schätzen,
Das Chinas Kaiser selbst in seiner Hand
Zu Ehren bringt am ersten Tag des Jahrs,
Dies Werkzeug, das unschuldger als das Schwert
Dem frommen Fleiß den Erdkreis unterworfen
Wer träte aus den öden, wüsten Steppen
Der Tartarei, wo nur der Jäger schwärmt,
Der Hirte weidet, in *dies* blühende Land
Und sähe rings die Saatgefilde grünen
Und hundert volkbelebte Städte steigen,
Von friedlichen Gesetzen still beglückt,
Und ehrte nicht das köstliche Geräte,
Das allen diesen Segen schuf den *Pflug?*

Von Perlen baut sich eine Brücke
Hoch über einen grauen See,
Sie baut sich auf im Augenblicke,
Und schwindelnd steigt sie in die Höh.

Der höchsten Schiffe höchste Masten
Ziehn unter ihrem Bogen hin,
Sie selber trug noch keine Lasten
Und scheint, wenn du ihr nahst, zu fliehn.

Sie *wird* erst *mit* dem Strom, und schwindet,
Sowie des Wassers Flut versiegt.
So sprich, *wo* sich die Brücke findet,
Und wer sie künstlich hat gefügt?

Diese Brücke, die von Perlen sich erbaut,
Sich glänzend hebt und in die Lüfte gründet,
Die mit dem Strom erst wird und mit dem Strome schwindet
Und über die kein Wandrer noch gezogen,
Am Himmel siehst du sie, sie heißt *der Regenbogen.*

Ich wohne in einem steinernen Haus,
Da liege ich verborgen und schlafe,
Doch ich trete hervor, ich eile heraus,
Gefodert mit eiserner Waffe.
Erst bin ich unscheinbar und schwach und klein,
Mich kann dein Atem bezwingen,
Ein Regentropfen schon saugt mich ein,
Doch mir wachsen im Siege die Schwingen,
Wenn die mächtige Schwester sich zu mir gesellt,
Erwachs ich zum furchtbarn Gebieter der Welt.

Unter allen Schlangen ist *eine,*
Auf Erden nicht gezeugt,
Mit der an Schnelle keine,
An Wut sich keine vergleicht.

Sie stürzt mit furchtbarer Stimme
Auf ihren Raub sich los,
Vertilgt in *einem* Grimme
Den Reiter und sein Roß.

Sie liebt die höchsten Spitzen,
Nicht Schloß, nicht Riegel kann
Vor ihrem Anfall schützen,
Der Harnisch lockt sie an.

Sie bricht wie dünne Halmen
Den stärksten Baum entzwei,
Sie kann das Erz zermalmen,
Wie dicht und fest es sei.

Und dieses Ungeheuer
Hat zweimal nur gedroht
Es stirbt im eignen Feuer,
Wie's tötet, ist es tot!

Diese Schlange, der an Schnelle keine gleicht,
Die aus der Höhe schießt, die stärksten Eichen
Wie dünnes Rohr zerbricht, durch Schloß und Riegel dringt,
Vor der kein Harnisch kann beschützen,
Die sich in eignem Feuer selbst verzehrt,
 Es ist der *Blitz,* der aus der Wolke fährt.

Es führt dich meilenweit von dannen
Und bleibt doch stets an seinem Ort,
Es hat nicht Flügel auszuspannen
Und trägt dich durch die Lüfte fort.
Es ist die allerschnellste Fähre,
Die jemals einen Wandrer trug,
Und durch das größte aller Meere
Trägt es dich mit Gedankenflug,
Ihm ist ein Augenblick genug!

Dies leichte Schiff, das mit Gedankenschnelle
Mich durch die Lüfte ruhig trägt,
Sich selbst nicht von dem Ort bewegt,
Das Sehrohr ists, das in die Ferne
Den Blick beflügelt bis ins Land der Sterne.

Auf einer großen Weide gehen
Viel tausend Schafe silberweiß,
Wie wir sie heute wandeln sehen,
Sah sie der allerältste Greis.

Sie altern nie und trinken Leben
Aus einem unerschöpften Born,
Ein Hirt ist ihnen zugegeben
Mit schön gebognem Silberhorn.

Er treibt sie aus zu goldnen Toren,
Er überzählt sie jede Nacht,
Und hat der Lämmer keins verloren,
Sooft er auch den Weg vollbracht.

Ein treuer *Hund* hilft sie ihm leiten,
Ein muntrer *Widder* geht voran.
Die *Herde,* kannst du sie mir deuten?
Und auch den Hirten zeig mir an.

Es steht ein groß geräumig Haus
Auf unsichtbaren Säulen,
Es mißts und gehts kein Wandrer aus,
Und keiner darf drin weilen.
Nach einem unbegriffnen Plan
Ist es mit Kunst gezimmert,
Es steckt sich selbst die Lampe an,
Die es mit Pracht durchschimmert.
Es hat ein Dach, kristallenrein,
Von einem einzgen Edelstein,
Doch noch kein Auge schaute
Den Meister, der es baute.

Zwei Eimer sieht man ab und auf
In einem Brunnen steigen,
Und schwebt der eine voll herauf,
Muß sich der andre neigen.
Sie wandern rastlos hin und her,
Abwechselnd voll und wieder leer,
Und bringst du diesen an den Mund,
Hängt jener in dem tiefsten Grund,
Nie können sie mit ihren Gaben
In gleichem Augenblick dich laben.

Ein Vogel ist es, und an Schnelle
Buhlt es mit eines Adlers Flug,
Ein Fisch ists und zerteilt die Welle,
Die noch kein größres Untier trug,
Ein Elefant ists, welcher Türme
Auf seinem schweren Rücken trägt,
Der Spinnen kriechendem Gewürme
Gleicht es, wenn es die Füße regt,
Und hat es fest sich eingebissen
Mit seinem spitzgen Eisenzahn,
So stehts gleichwie auf festen Füßen
Und trotzt dem wütenden Orkan.

Ein Gebäude steht da von uralten Zeiten,
Es ist kein Tempel, es ist kein Haus,
Ein Reiter kann hundert Tage reiten,
Er umwandert es nicht, er reitets nicht aus.

Jahrhunderte sind vorübergeflogen,
Es trotzte der Zeit und der Stürme Heer,
Frei steht es unter dem himmlischen Bogen,
Es reicht in die Wolken, es netzt sich im Meer.

Nicht eitle Prahlsucht hat es getürmet,
Es dienet zum Heil, es rettet und schirmet,
Seinesgleichen ist nicht auf Erden bekannt,
Und doch ists ein Werk von Menschenhand.

Das alte fest gegründete Gebäude,
Das Stürmen und Jahrhunderten getrotzt,
Das sich unendlich, unabsehlich leitet
Und Tausende beschirmt, die große Mauer ists,
Die China von der Tartarwüste scheidet.

Wir stammen, unsrer sechs Geschwister,
Von einem wundersamen Paar,
Die Mutter ewig ernst und düster,
Der Vater fröhlich immerdar.

Von beiden erbten wir die Tugend,
Von *ihr* die Milde, von *ihm* den Glanz;
So drehn wir uns in ewger Jugend
Um dich herum im Zirkeltanz.

Gern meiden wir die schwarzen Höhlen
Und lieben uns den heitern Tag,
Wir sind es, die die Welt beseelen
Mit unsers Lebens Zauberschlag.

Wir sind des Frühlings lustge Boten
Und führen seinen muntern Reihn,
Drum fliehen wir das Haus der Toten,
Denn um uns her muß Leben sein.

Uns mag kein Glücklicher entbehren,
Wir sind dabei, wo man sich freut,
Und läßt der Kaiser sich verehren,
Wir leihen ihm die Herrlichkeit.

Die sechs Geschwister, die freundlichen Wesen,
Die mit des Vaters feuriger Gewalt
Der Mutter sanften Sinn vermählen,
Die alle Welt mit Lust beseelen,
Die gern der Freude dienen und der Pracht
Und sich nicht zeigen in dem Haus der Klagen
Die Farben sinds, des Lichtes Kinder und der Nacht.

Ich drehe mich auf einer Scheibe,
Ich wandle ohne Rast und Ruh,
Klein ist das Feld, das ich umschreibe,
Du deckst es mit zwei Händen zu.
Doch brauch ich viele tausend Meilen,
Bis ich das kleine Feld durchzogen,
Flieg ich gleich fort mit Sturmes Eilen
Und schneller als der Pfeil vom Bogen.

Was schneller läuft als wie der Pfeil vom Bogen
Und, dreht sichs auch auf kleiner Scheibe nur,
Doch viele tausend Meilen hat durchflogen,
Eh es den kleinen Raum durchzogen
Der *Schatten* ist es an der Sonnenuhr.